KB024110

강호를 누비며 힘껏 놀고

열심히 잠자는 고양이들에게

이 책을 바칩니다.

# 고양이의 하루

어제처럼 오늘도
알콩달콩 노닥노닥

미스캣 글·그림
허유영 옮김

학고재

프롤로그

## 살랑이는 꼬리를 따라
## 고양이 세상으로 들어가다

왁자한 큰길을 벗어나 샛길로 들어서면 거짓말처럼 시끄러운 소리가 가시고, 골목으로 난 들창으로 집집마다 달그락달그락 소리가 새어나온다. 냄비 부딪는 소리, 젓가락 소리 같은 것들이.

그곳에서 그들을 찾는다. 우아한 몸짓으로 소리 없이 골목을 누비는 독특한 생명체들. 사람과 특별한 관계가 되지 않는 한 그들은 북적이는 길에 나타나 먹을거리를 찾거나 산책하지 않는다. 그들은 콘크리트 괴물로 둘러싸인 도시에서 인간이 버린 낡은 목조 집을 골라 둥지를 튼다. 빈 틀뿐인 창, 반쯤 무너지고 지붕이 뚫려 하늘이 보이는 집일지라도 그들에게는 남부럽지 않은 화려한 저택이다.

여름에는 선선한 바람이 부는 처마 밑에 나른하게 누워 잠을 자고, 겨울에는 양지 바른 지붕에서 뒹굴며 따뜻한 햇살에 등과 배를 데운다. 폭삭 삭은 마룻바닥은 사람이 걸으면 삐걱삐걱 부서질 듯하지만 사뿐사뿐 걷는 그들에게는 아무 문제가 되지 않는다. 잡초 우거진 마당은 더할 나위 없이 훌륭한 놀이터다.

이것이 내가 골목을 좋아하는 이유다. 그들에겐 시간을 응집하는 능력이 있다. 운이 좋다면 모델처럼 반듯하게 담장 위를 걷는 그들을 보겠지만, 그렇지 않은 날엔 꼬리 끄트머리도, 뾰족한 귀도, 그림자도 볼 수가 없다. 높다란 담장 뒤 은밀한 곳에 숨은 그들은 좀처럼 자기네 공간을 열어 보이지 않는다. 이따금 첩보원처럼 까치발을 세우고 담장 안쪽으로 카메라를 뻗어 셔터를 마구 눌러본들 그들이 찍히는 행운은 좀처럼 누리기 힘들다. 마치 집주인인 양 널따란 마루에 앉아 느긋하게 볕을 쬐는 그들을 사진에 담는 날은 정말 운이 좋은 날이다.

첫 책 『또 고양이』에서는 일본식 가옥에서 출발해 동양적인 고양이 세상을 그렸다. 이번에는 눈길을 돌려 타이완 골목에 사는 고양이들을 만난다. 옛 정취가 남아 있는 골목을 걸으며 내가 경험하지 못한 시대를 느끼고 유행에 밀려 잊힌 것들을 관찰하곤 한다. 그런 골목에는 고양이가 많다. 고양이들은 오래된 집의 높이와 구조에서 안락함을 느끼는 것 같다. 아무렇지 않게 지붕을 넘어 다니고 예쁜 창가에 앉아 낮잠을 즐

긴다. 그들은 간신히 한 마리가 지나다닐 만큼 좁은 통로를 오르내리며 '고양이 길'을 만드는데, 그 길이 인간 세상의 도로망처럼 고양이의 일상을 촘촘하게 엮는다.
산책을 하다 고양이를 만나는 건 커다란 기쁨이다. 그들에게 나는 불청객일지도 모르지만 그 일상을 훔쳐보는 건 얼마나 재미난지! 국수집에서 몰래 계란을 훔쳐 달아나는 고양이, 으슥한 뒷골목 배수관 안을 기어가는 고양이, 시장 좌판 채소 더미에 올라앉은 고양이 등등. 이 유쾌한 장면들은 보고 또 봐도 질리지 않는다.

나는 산책을 좋아한다. 고양이들을 찾아다니며 골목 안쪽 소시민들의 생활을 만나고 평범한 일상의 미학을 배웠다. 좁은 터에 다닥다닥 붙어 앉은 집들, 아무 장식 없는 빨간 벽돌담, 층층이 물결치는 박공지붕, 담장을 따라 쏟아질 듯 흐드러진 부겐빌레아…. 이곳에 고양이 한 마리가 지나가는 순간 모든 소란과 부조화는 사라진다. 연이은 집과 골목에 고양이가 얼마나 잘 어울리는지 감탄이 절로 나온다. 골목 구석구석의

크고 작은 틈새에 눈길이 머문다. 어쩌면 이런 틈새가 고양이들만 아는 특별한 세상의 문이 아닐까?
어느 날 나는 아주아주 작아져 발끝 흰 깜장 고양이를 따라 낡은 담장 모퉁이의 문으로 들어갔다. 그 너머는 신비로운 세상이었다. 나는 고양이 세상에서 2년 동안 그들과 함께 살다 인간 세상으로 돌아와 이 모든 것을 그렸다.

2018년 여름,
미스캣

프롤로그 살랑이는 꼬리를 따라 고양이 세상으로 들어가다 · 4

## 1부
## 일터 풍경

봄꽃미용실 · · · · · · · · · · · · · 14
점쟁이 고양이 · · · · · · · · · · · · 16
마사지사 고양이 · · · · · · · · · · · 18
야옹야옹의원 · · · · · · · · · · · · · 20
제멋대로 시계포 · · · · · · · · · · · 22
영원사진관 · · · · · · · · · · · · · · 24
고양이 인형극 · · · · · · · · · · · · 26
고양이 우체부 · · · · · · · · · · · · 28
고양이 양장점 · · · · · · · · · · · · 30

## 2부

# 고양이의 일상


오늘도 즐거운 하루 · · · · · · · · · · · · · 34

아름드리 백 년 고목 집 · · · · · · · · · · · 36

여름엔 수박이 최고 · · · · · · · · · · · · · 38

따분해도 즐거워 · · · · · · · · · · · · · · 40

덩굴 아래서 · · · · · · · · · · · · · · · · 42

어느 집에서 맛있는 냄새가 · · · · · · · · · 44

목욕하기 · · · · · · · · · · · · · · · · · 46

고양이 가족의 저녁 · · · · · · · · · · · · · 48

여름 밤바람 · · · · · · · · · · · · · · · · 50

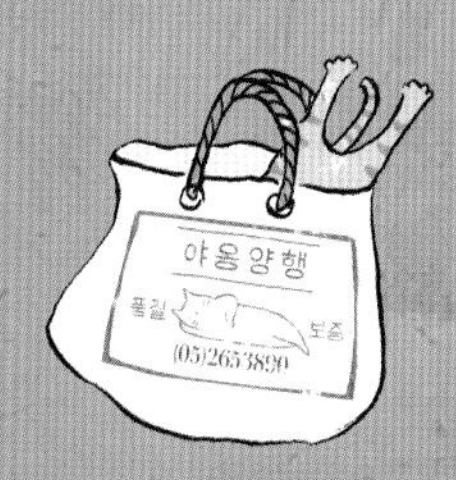

## 3부

# 노는 게 제일 좋아


고양이 잡화점 · · · · · · · · · · · · · 54

고양이 극장 · · · · · · · · · · · · · · 56

야옹야옹빙수 · · · · · · · · · · · · · 58

까망고양이여관 · · · · · · · · · · · · 60

바니안나무 가로수 아래 · · · · · · · · · 62

기차간 도시락 · · · · · · · · · · · · · 64

3월의 흑묘제 · · · · · · · · · · · · · 66

철판구이 식당 · · · · · · · · · · · · · 68

너의 집 지붕을 지나 · · · · · · · · · · 70

## 4부
## 부지런한 고양이


시장 · · · · · · · · · · · · · · · 74

오징어구이 · · · · · · · · · · · · · 76

아저씨, 여기 닭국수 한 그릇이요! · · · · · 78

찻잎 따기 · · · · · · · · · · · · · 80

풍요로운 가을 들판 · · · · · · · · · · 82

골목 식당 · · · · · · · · · · · · · 84

오토바이 하나에 고양이 다섯 · · · · · · · 86

고양이 학교 · · · · · · · · · · · · 88

에필로그 졸업식 · · · · · · · · · · · · 90

옮긴이의 말 행복을 꿈꾸는 우리, 언제나 명랑한 고양이처럼 · 92

# 일터 풍경

## 봄꽃미용실

아가씨도, 아주머니도
유행은 놓칠 수 없어.
봄꽃미용실은
일주일에 한 번은 꼭 들르는 곳.

긴 털 고양이는 과감한 변신을 즐기지.
털을 짧게 자르기도 하고 굽슬굽슬 볶기도 해.
짧은 털 고양이는 마음껏 꾸미기는 힘들지만
앞머리만 다듬어도 분위기가 확 달라지지.

수염 고데는 인기 만점 서비스.
고데기가 한번 지나가면
짠! 꼬부랑 수염이 나타나.
긴 수염, 짧은 수염 저마다 매력이 넘치지.
미용실에서 나올 때는
너도나도 미모 고양이.

7月
3月
8月
봄꽃미용실
고데합니다
최신형 파마기

## 점쟁이 고양이

고양이의 삶이 아무리 신나고 즐거워도
때때로 일이 안 풀릴 때가 있는 법.
점집 골목은
방황하는 고양이들이 고민을 털어놓는 곳.

말투는 퉁명해도
점쟁이 고양이의 점괘는 아주 용해.
말을 꺼내기도 전에
얼굴만 보고도 고민이 뭔지 알아맞히니까.
붓 한 번 쓱쓱 휘둘러 온갖 고민을 다 풀어주지.

짹짹 새점이 제일 인기가 많아.
새를 좋아하는 고양이들에게
점괘 뽑는 탁자는 신기한 놀이터.
하얀 새가 점치는 걸 구경하러 날마다 찾아오지.
새 구경에 정신이 팔려
점괘가 좋든 나쁘든 신경 쓰지 않아.

고양이 발바닥을 보면 영혼을 알 수 있어.
말랑말랑 보드라운 발바닥에
신비한 비밀이 숨어 있지.
고양이의 모든 것, 심지어 전생까지도.

미래예지
새점
대길
신통방통
족상
지친 영혼에 위로를
길 잃은 고양이의 안내자
풍수
길흉
택일
글자점
재물운
거북이점
고양이 발바닥에
세상이 담겼나니

# 마사지사 고양이

가느다란 털, 굵은 털
기다란 털, 짧은 털
날름날름 세수 대장 고양이들은
뱃속에 털이 가득해.

세수하기 귀찮은 날
속이 더부룩한 날
거리의 마사지사를 찾아가.

마사지사가 양손에 실 두 가닥을 쥐고
위로 아래로, 왼쪽으로 오른쪽으로, 앞으로 뒤로
구석구석 빗어주면

엉킨 털이 나풀나풀 가벼워지고
햇빛 아래 반드르르 윤기가 흘러.

숱 많은 손님은
제모를 해주고
얼굴에 난 점도 지워주지.
대를 이어 일하는 마사지사는
고양이 마을에 없어서는 안 될 보배야.

대박기원
안심정가
점 빼기 50
수염 손질 50
털 고르기 100
털
골라드려요

## 야옹야옹의원

고양이는 타고난 약골
쉴 새 없이 오르락내리락하다 보면
뼈마디가 시큰거려.

팔짝 뛰어 내려오며 발을 헛디딘 고양이
달리기 경주 끝에 다리가 쑤시는 고양이
먹잇감을 뚫어져라 노려보다 어질어질해진 고양이
낚싯대를 가지고 놀다 쥐가 난 고양이
새 구경에 정신 팔려 목이 뻣뻣해진 고양이

태어날 때부터 꼬리가 짧고 굽어
휙휙 휘두를 수 없는 고양이도
치료사의 손을 거치면
길쭉하고 날렵한 꼬리를 갖게 된다지.
고개 들고 가슴 펴고 우아하게 꼬리를 세워봐.

환자가 많을 때는
골골 갸르릉갸르릉 골골 그르렁그르렁
시끄러운 소리에 이웃들이 괴롭기도 해.

치료사는 이리저리 바쁘게 오가며 연고를 발라주지.
"일주일이면 싹 나을 거예요."
참 고마운 고양이 치료사지 뭐야.

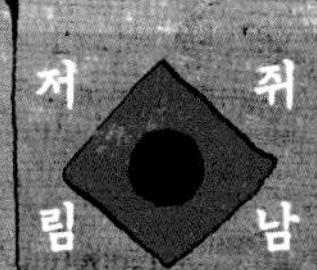
저림
쥐남

낙상
타박상

대손손 비법
야옹야옹 물리치료소
접골 교정
고양이신 만세
전통 비방
전문 교정
굽은 꼬리 꺾인 꼬리
팔다리 부조화
고개가우뚱병

## 제멋대로 시계포

게으른 고양이들은
시간 약속 지키는 걸 아주 싫어해.

잠은 제풀에 깰 때까지 실컷 자야 하고
약속 시간도 식사 시간도 내키는 대로
일찍 가든 늦게 가든 되는 대로
가게 문 열고 닫는 시간도 주인장 마음대로지.

고양이 시계포에 걸린 시계는
똑같은 시간이 하나도 없지.
이 시계 저 시계 제각각이야.

빨리 가는 시계, 더디 가는 시계
시계 침도 제멋대로야.
이런 시계가 있으면
데이트 할 땐 언제나 일찍 가고
회사는 매일 지각일 거야.

시간이 맞지 않는 시계들 덕에
고양이는 언제나 여유롭다네.

명품 시계
제멋대로 시계포
Meowlex
묘렉스
사장님 낮잠 중
점원 맘대로
수리부
Meowlex

## 영원사진관

고양이 마을의 오래된 사진관
배경이 바뀌어도 사진은 언제나 비슷하지.
올해는 후지산에서
가족사진을 찍어볼까?
이삼 년 뒤에는
야자수가 손짓하는 남태평양으로 가자.

조명이 어두워지면 가슴이 두근대.
백 분의 일 초 그 순간에
숨 딱 멈추고 정신 집중해야 해.
눈 깜빡이지 말고 렌즈 속 무서운 괴물을 쳐다봐.

커튼 뒤 암실에는
인화된 사진들이 주렁주렁
사진 속 고양이는 늙고
사진도 누렇게 바래겠지만
이곳은 영원사진관이야.

머릿속 추억 회로가 돌아가기 시작하면
오래전 옛사랑이 퐁퐁 되살아나지.

영원사진관

## 고양이 인형극

인형 극단이 오는 날,
이른 오후 꼬치구이 장수가 제일 먼저 도착해.
부지런히 불을 피워놓고서
고양이들이 의자를 하나씩 들고
인형극 보러 오길 기다리지.

변사 고양이는 아는 것도 많아
사극 이야기에 역사 지식이 한가득해.
하지만 호기심 많은 고양이들은
무대 뒤가 더 궁금한가봐.
호기심을 못 견뎌
담장에 올라가 몰래 훔쳐보고
살금살금 막을 들춰본다네.

이야기가 절정으로 치달으면
웅장한 음악이 귓가를 울려.
풋내기 단원도 신이 나 인형을 움직이지만
고양이 발, 고양이 귀가 자꾸만 튀어나오지.

무대 위에선 칼싸움 소리 챙챙챙
무대 아래선 소라 빨아 먹는 소리 쩝쩝쩝
각자 떠들썩하게 즐기는 잔치라네.

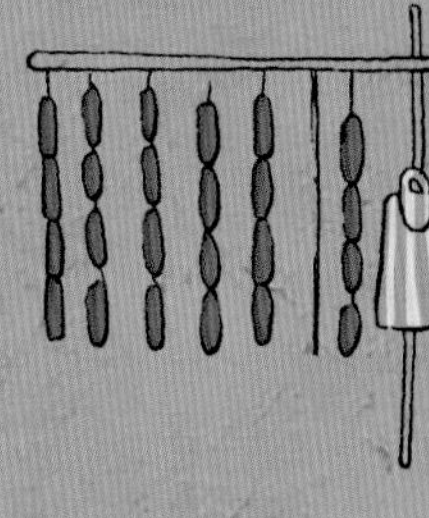

고양이 인형극
매운맛
구아바
절임
소라
구이

## 고양이 우체부

탈탈탈 통통통
초인종을 누를 필요도 없어.
우체부가 왔다는 건 누구나 아니까.

우체부는 무엇보다 용감해야 해.
오토바이 면허 시험도 봐야 하고
길 찾기 시험도 치러야 하니까.
그중에서 제일 어려운 건
'개를 만났을 때 도망치기' 특별 시험이야.

우편배달은 행복 이어달리기 같아.
남쪽 산골에서 보낸 편지가
북쪽 바닷가 마을에 가 닿으면
고양이 발자국의 온기와 함께
남쪽 산골 고양이가 편지 쓰던 날
산에서 불어오던 산들바람까지 전해지지.

貓

## 고양이 양장점

길모퉁이 작은 나무 집
오래된 양장점
날마다 같은 시간에 문을 열지.

쇠 냄새 물씬 나는 재봉틀이
달강달강 돌아가면
고양이 오빠의 이름표,
고양이 언니의 너무 긴 치마,
고양이 아빠의 꽉 끼는 양복바지,
모두 새 옷처럼 변신하곤 해.

들들들 달달달
양장점 아주머니가 맨발로 발판 밟는 소리에
졸음이 솔솔.

가지런히 늘어선 알록달록 색실이
조용히 손님을 기다리고 있어.
긴 세월 수많은 손님 옷 중에서
딱 어울리는 옷을 만나면
또 한 번 새봄을 엮어내겠지.

자수
명찰

# 고양이의 일상

# 오늘도 즐거운 하루

바람이 선선하고 따스한 햇볕이 내려앉는 아침
잠꾸러기 아기 고양이가 엄마 부르는 소리에
기지개를 켜고 일어났어.
이불 널고 창문 닦고
나른하게 앉아 햇볕을 쬐면
털이 한 올 한 올 햇빛을 머금고
폴폴 날아오를 듯 보송보송해져.

오래된 양옥집 2층
앙증맞은 화분 놓인 창틀 밖으로
널찍한 발코니가 있어.
낮은 담장을 넘어가면
이웃집 마당에서 술래잡기를 할 수 있지.

산책 나온 달팽이가 느릿느릿 지나가고
종이비행기가 막 날아오르려 해.
아침 바람에 펄럭이는 이불 아래
아기 고양이 네 마리가 조르르.
아, 아름다운 하루가
또 시작되는구나!

봄
입춘대길

## 아름드리 백 년 고목 집

집을 막 지을 무렵
나무는 아직 참새 배안에 든 작은 씨앗이었어.

어느 날 참새가 날아가다
뒷마당에 씨앗을 떨어뜨렸지.
그때부터 그들은 친구가 되었어.

집은 그대로지만
나무는 무럭무럭 자랐지.
점점 굵어져 아름드리나무가 되고
고양이들은 여름에도 시원한 그늘을 즐기게 되었어.

뿌리가 지붕 위로 올라간 뒤엔
그럴듯한 놀이터가 되었지.

이 운명적인 인연이
고양이 가족을 대대손손 지켜줄 거야.
함께 자라고 또 함께 늙으며.

## 여름엔 수박이 최고

햇볕 내리쬐는 마룻바닥은 뜨끈해도
선풍기 바람 쐬는 고양이 엉덩이는 시원하지.

한여름 오후, 풍경이 딸랑딸랑 흔들리고
미처 쫓아내지 못한 열기가 털끝마다 매달려
수염마저 힘없이 고부라졌어.

부엌에서 굴러 나온 수박 한 덩이
반으로 쪼개기만 해도 더위가 누그러지지.
혀끝으로 핥으면 시원하고 달콤해.
아삭 한 입 베어 물면 땀구멍이 활짝 열리고
입가 가득 흐르는 과즙에 더위가 싹 달아나.

콕콕 박힌 수박씨는
삼키지 않게 조심해.
옴질옴질 싹이 트고 꽃이 피면
내년 여름
배 속에서 수박이 자랄 테니까.

## 따분해도 즐거워

따르릉따르릉! 비켜나세요!
하얀 엄마 고양이가 자전거에 아기 셋을 태우고
바쁘게 가고 있어.

못된 녀석! 혼내줄 테야!
잿빛 엄마 고양이는 뒤지개를 휘두르며 소리치지만
담벼락에 낙서한 꼬마 고양이는
하나도 무섭지 않은가봐.

고양이 오빠는 꽃삽을 들고
화분 속을 열심히 파고 있어.
야호, 요 작은 벌레 녀석,
아직도 이사를 안 갔구나!

고양이 아주머니는 시장에 가다
놀다 지친 이웃집 꼬마를 만났어.
장바구니가 어느새 유모차가 되었지.

따분한 날인 것 같아도
고양이들에겐
오늘도 내일도 즐거운 하루야.

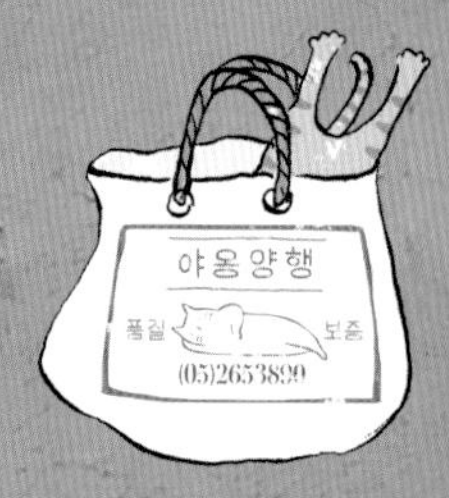

Animals

## 덩굴 아래서

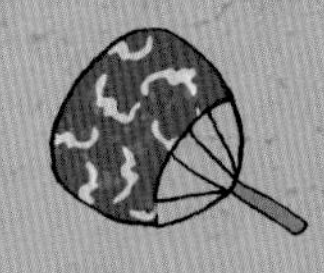

시원한 대나무 의자에 발 받침을 놓고 앉아
수세미 덩굴 아래에서 댓살 부채를 부쳐.
집 안이 후텁지근하면
뒷마당에 나와 바람을 쐬지.

수세미 덩굴 아래에선 빈둥거려도 괜찮아.
의자에 기대 누워 있기만 해도 돼.
바람 한 자락 불어오면
푸른 잎사귀가 팔락이고 머리칼도 살랑이지.

수세미 덩굴 아래
옹기종기 모여 놀기도 해.

구멍 속 지렁이를 들여다보고
길 잃은 배추벌레를 찾아다녀.

수세미 덩굴 그늘 속
뙤약볕도 피해 가는 이 작은 곳에
여름날의 추억이 주렁주렁 매달려 있어.

## 어느 집에서 맛있는 냄새가

아기 고양이들이 뛰어놀던 공터가 조용해지고
골목 어귀에 저녁놀이 내려앉기 시작해.
누구네 집 부엌일까?
맛있는 냄새가 날아와 콧잔등을 맴도네.
엄마 음식 냄새를 따라가면
집을 못 찾아갈 염려는 없지.

부뚜막에서 찜통이 춤을 추고
냄비에는 생선국이 보글보글 끓고 있어.
접시마다 김이 모락모락 피어오르지.
성미 급한 고양이는 어느새
식탁 밑에 숨어 냉큼 한 입 먹어치웠어.

항아리에 쌀이 그득하고
바구니에 채소가 수북해.
통통한 생선을 먹고 토실토실 살이 오르지.
젓가락과 밥그릇을 높이 들고 기뻐하세.
소소하지만 행복한 고양이의 일상을!

# 목욕하기

수도꼭지에서 물이 콸콸콸
욕조에서 김이 모락모락
타일에도 송골송골 땀이 맺혔어.
겨울날 목욕탕은
고양이들의 찜질방이야.

씻기 싫어하는 아기 고양이도
엄마가 부르기도 전에 쪼르르 달려왔어.
찬바람에 언 발을 물에 퐁당 담그고
연못에 뛰어든 개구리처럼 신나게 참방참방.

할아버지 고양이는 아주 느긋해.
욕조에 기대앉아 지그시 눈을 감고
겨울에만 누릴 수 있는 아늑한 시간을 만끽하지.

반쯤 열린 휘장 뒤로
빼끔히 고개 내미는 이웃집 아기 고양이.
목욕탕 파티에 불러주길 기다리나봐.

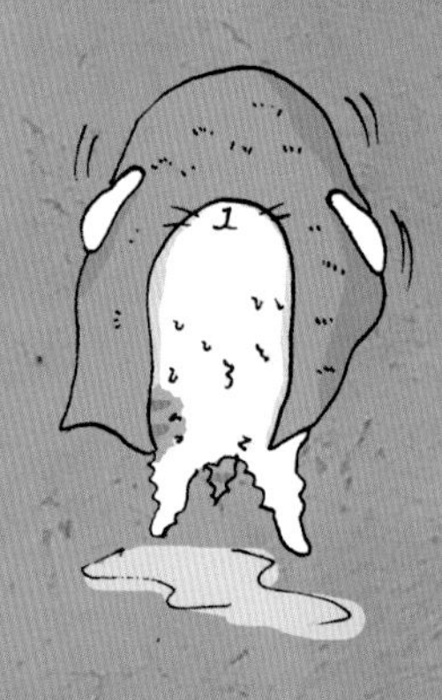

## 고양이 가족의 저녁

팔팔 끓는 냄비에서 하얀 김이 솟아오를 때마다
냄비 뚜껑이 달그락달그락 소리를 내네.
한 달을 하루 같이, 한 해를 한 달 같이
아침저녁 생선 굽는 냄새가 부엌을 가득 채워.
짭조름한 생선 냄새 배어든 목조 부엌은
오래 말린 어포처럼
고양이 가족의 저녁상과 더없이 잘 어울리는 짝꿍.

가을 석양이 발그레 등불을 밝히고
출출한 허기와 기다림이 입맛을 돋우지.

밥도 다 되고 생선도 노릇노릇
맛있는 냄새에 군침이 사르르 도는데
어라, 한 녀석은 벌써 꿈나라로 가버렸네?

## 여름 밤바람

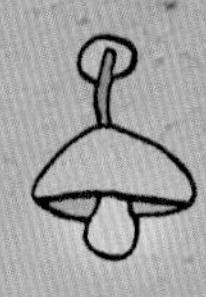

석양이 지고 땅거미가 내려앉은 밤
햇볕에 널어놓은 이불을 걷어야 하는데
계속 달님과 입 맞추며 얘기하고 싶어.

작은 탁자 위 따끈한 찻주전자, 나란히 놓인 찻잔
밤은 길고 할 얘기는 많아.
지나가던 까만 고양이, 하얀 고양이도
걸음을 멈추고 끼어들지.

지붕 꼭대기를 살며시 스치는 바람
하늘에서 누군가 고개를 내밀고 쳐다보나봐.
반짝이는 고양이 눈동자인지

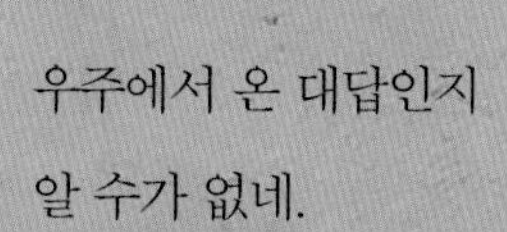

우주에서 온 대답인지
알 수가 없네.

같은 밤하늘 아래
아기 고양이들이 별을 세고 있어.
백까지 세면
누군가 살며시 눈을 깜빡여준대.

통통한 야옹이네
춘하추동 생선 풍족
동서남북 통조림 그득

# 3부

# 노는 게 제일 좋아

## 고양이 잡화점

길모퉁이 작은 나무 집에는
온 동네 고양이의 어린 시절이 숨 쉬고 있어.

유리병 속은 천국이야.
알록달록 색종이로 감아놓은 동그란 사탕을
입에 넣고 굴리면 얼마나 달콤한지!
하지만 사탕이 자꾸만 줄어들어 속이 상하기도 해.
냉장고 속 유리병엔
뜨거운 여름에도 끄떡없이 시원한 비밀이 숨어 있지.

신기한 기계가 또 있어.
동전을 넣고 손잡이를 돌리면
달콤한 소원이 도르르 굴러 나와.

야무지고 바지런한 주인 아주머니는
수상한 꼬마 손님들에게서 눈을 떼지 않아.
게으른 주인 아저씨는
긴 의자에 다리를 척 걸치고 바람만 쐬지.

아기 고양이가 무럭무럭 자라 어른이 되어도
마음속 한 귀퉁이 영원히 자라지 않는 곳
그곳에 바로
고양이 잡화점이 있어.

담배
잡화점
술
묘왕
묘왕
묘왕
묘왕
묘왕
TUNA
Bon Bon
Bon Bon

## 고양이극장

어두컴컴한 극장에
나란히 나란히 고양이들이 앉아 있어.
뒷줄에 앉은 아기 고양이는 울며 떼를 쓰고
발 밑으로 쥐 한 마리가 쏜살같이 지나가지.

머리 위를 가로지른 환한 빛이 은막에 닿으면
고양이들이 넋을 놓고 영화에 빠져들어.
함께 울고, 함께 웃고
함께 소리치고, 함께 잠들고… 쿨쿨.

불이 켜지면
눈물 흘린 고양이
콧물 흘린 고양이
침 흘린 고양이
그리고 의자 밑에는 음식 부스러기가 수두룩하지.

어두컴컴한 영화관은
꿈꾸길 좋아하는 고양이들에게
꿈을 선사하는 곳이기도 해.

영중
고양이극장
1회 오전 10:30
2회 오후 14:30
3회 저녁 19:00
성인 30원
아동 15원
경로 10원
총천연색
매표소
매표소
첫사랑 미미
애틋한 로맨스
화려한 출연진
스펙터클
협객묘
눈물 없이 볼 수 없는 사연
눈물 쏙 콧물 쏙
내맘 알까옹

## 야옹야옹빙수

쏴쏴쏴쏴 빙수 기계가 돌아가네.
여름 내내 쉬지 않고 돌아가네.
곱디고운 얼음이 산처럼 수북하게 쌓이지.

얼음산은
연인들의 사랑 속에서
어린 고양이들의 동심 안에서
학교 끝난 뒤 어슬렁거리는 시간 속에서
천천히 부드럽게 녹아내리지.

설탕은 달콤하고
진한 연유는 부드러워.

팥과 녹두는 화려한 장식이자
얼음산 속에 숨은 보물이야.
얼음산을 파내고 또 파내자.
파면 팔수록 신비한 보물이 나오니까.

얼음산이 녹고 보물도 사라지면
고양이들의 배 속과 입가에 행복이 그득해.

야옹야옹빙수
보석빙수 10
과일빙수 10
팥빙수 10
우유빙수 12
땅콩빙수 12
커플빙수 12
생과일 15
수박 15
과일주스 15
오렌지주스 15
모과밀크티 15
레몬빙수 8
홍차빙수 8
동과차 8
6
7월
12월
MILK
MILK
MILK
MILK
MILK
MILK
Jollico
밀크티

## 까망고양이여관

깊은 밤 소슬바람이 불면
까망고양이여관 손님들이
서둘러 길을 나서지.
눈빛 초롱초롱한 고양이도 있고
너무 졸려 퀭한 고양이도 있어.

바퀴벌레 많은 따뜻한 계절에는
빈 방 찾기가 하늘의 별따기.
말로는 편하게 쉬러 왔다고 하지만
사실은 벌레를 배불리 먹을 생각에
가슴이 콩닥콩닥한다지.

퉁퉁탕탕 퉁퉁탕탕 벌레 찾아 기웃기웃.
천장에 구멍이 나고
마룻바닥이 너덜너덜해져.
손님이 묵고 간 방마다
도둑이라도 든 것처럼 어수선하지.

까망고양이여관은
고양이들의 마음이 설레는 곳이야.

까망고양이여관
어서오세요

## 바니안나무 가로수 아래

아주아주 오래된 바니안나무가 있어.

몇 대 할아버지부터 보았는지도 모를 만큼 오래됐대.

바니안나무 아래 고양이들은

아웅다웅하지 않는 날이 하루도 없어.

누가 이겼는지, 누가 졌는지, 누가 참견했는지

누가 멍청한지, 누가 똑똑한지, 누가 바보인지

티격태격 다퉈도 결론이 난 적은 한 번도 없어.

고양이의 청춘

고양이의 주름살

고양이의 기쁨

바니안나무는 모든 걸 간직하고 있어.

한 잎 한 잎 잎사귀 속에

한 겹 한 겹 나이테 속에.

## 기차간 도시락

가끔은 어딜 가는 것도 아닌데
도시락을 먹으려고 기차를 타지.
여행의 맛을 더해
기차에서 먹는 도시락은 일품이거든.
흔들흔들 기차가 구르는 박자에
드르렁드르렁 단잠도 자고.

도시락이요! 맛있는 생선 도시락이 왔어요!
운 좋은 날에만 만날 수 있다는
생선 장수가 오면
기차간 도시락이 금세 고급 초밥 도시락으로 변하지.

커다란 가방을 가져온 고양이도 있어.
가방을 활짝 펼치면
온 가족이 쉴 수 있는 폭신폭신한 침대로 변신해.

바닷가를 따라 달리는 기차
새파란 바다 위로 부서지는 햇빛
목적지에 닿으려면 아직 멀었어.
고양이가 늘어지게 하품을 하네.
하아, 한숨 더 자자.

야옹일보

# 3월의 흑묘제

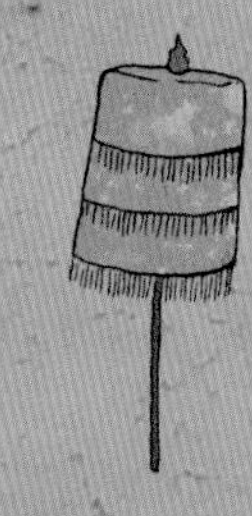

흑묘신을 모신 사당은
고양이 마을 주민들이 소원을 비는 곳
해마다 3월이면 흑묘신 행렬이 마을을 돌아.
자원봉사 고양이들이 줄지어 행진해.
가마 멘 고양이
북 치는 고양이
춤추는 고양이
제일 인기 많은 건 역시 조개껍데기 요정이야.

뒤죽박죽 고양이들 때문에
줄이 자꾸만 흐트러져.
누가 앞에 서고 누가 뒤에 서야 하는지
아무도 기억하지 않아.
쉬엄쉬엄 따라가다가
나무 그늘에 누워 잠이 든 고양이도 있다니까.

게으른 고양이든 멍청한 고양이든
아니면 성미 고약한 고양이든
흑묘신은 모든 고양이를 보살펴준대.
비나이다, 비나이다, 흑묘신께 비나이다.
생선을 산더미처럼 내려주세요.
잘 자고 평안하고 건강하게 해주세요.

배부르게
등따습게

## 철판구이 식당

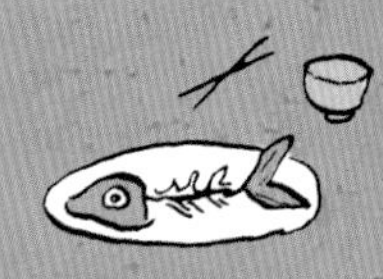

날이 어둑어둑해지면

식당이 하나둘 등불을 밝혀.

철판에서 현란하게 춤을 추는 뒤집개

요란하게 부딪치는 술병과 술잔

점점 더 높아지는 고양이들의 목청

여기 오징어 두 마리요!

새우 한 접시 더요!

문어 다리 하나 주쇼!

안주는 입에서 살살 녹고 이야기는 즐겁구나.

술김에 할 말이 있거들랑 오늘 밤에 다 털어놓으세.

머리는 어질어질, 눈동자는 해롱해롱

벌그죽죽한 얼굴에 다리가 휘청

그래도 술잔은 비워야 제 맛이지.

벌컥벌컥

화끈하게 마셔보자고!

싱 활어 해산물 100
오징어구이
오징어조림
조개구이
조개탕
생선회
특가

# 너의 집 지붕을 지나

도시에 아직 지붕이 남아 있던 시절
45도 기운 지붕은
고양이가 하늘을 올려다보는 행복한 자리였어.

겨울 햇살이
지붕을 따끈하게 데울 때
그 위에서 한 바퀴 몸을 굴리면
털 짧은 고양이는 온몸이 노글노글 따뜻해지고
노르께한 고양이는 빛 고운 털에 자르르 윤기가 흐르지.

보슬비 흩날리는 봄여름에는
처마 밑 작은 틈이
비 구경하기에 제일 좋은 곳.

지붕 사이로 하늘을 올려다보며
구름이 걷히고 날이 개길 기다려.

말랑말랑 발바닥, 사뿐사뿐 발걸음으로
지붕 위를 지나가면
지붕 밑 고양이도 단잠을 깨지 않아.

지붕 위를 질주하는 슈퍼맨 고양이
때때로 넘치는 속도를 못 이겨 미끄러지지만
그건 다 양철 지붕 때문이야.

# 4부

# 부지런한 고양이

## 시장

노을이 내려앉을 무렵
꿀잠 자고 일어난 고양이들이 기지개를 켜면
시장은 금세 왁자지껄해지지.

생선 장수 고양이는
손님들 몰래몰래 생선을 집어 먹어.
아침에 들어온 생선 절반은 먹어치울걸.

채소 장수 고양이는 채소를 작품처럼 늘어놓지.
색깔 따라 크기 맞춰 쌓아놓으면
채소 좌판이 근사한 미술관 같아.

고양이 아주머니는 지게를 메고 다니며 크게 소리쳐.
바구니가 흔들흔들
이쪽 바구니엔 귤이 한가득, 저쪽 바구니는 아기들 요람.

청년 농부 고양이는 손수 기른 채소를 가지고 나오지.
모양새는 볼품없지만 약은 하나도 치지 않았대.
"한 무더기에 오십 원! 떨이! 떨이!"
청년 농부의 우렁찬 목청에 놀란 손님들이
손사래를 치곤 해.

산지직송
오늘의 특가
고구마 20원/근
당근 17원/근
양배추 22원/근
한더미
50원

## 오징어구이

얼굴 가무잡잡한 오징어 장수가 나타나면
흑묘신 행렬이 온 양
사방에서 신도들이 모여들어.

막대기에 걸쳐놓은 마른오징어
다리를 흔들며 어서 오라고 손짓을 해.
석쇠 위에서 타닥타닥 소리 내며 먹기 좋게 구워지면
짭짤한 냄새가 입맛을 돋우지.

3대를 이어온 뼈대 있는 오징어 장수
할아버지도, 아버지도 불에 그은 얼굴이 거무스름하고
가까이 가면 진한 바다 내음이 났어.

오징어 머리, 오징어 몸통, 오징어 다리
딱딱하기도 하고 부드럽기도 하고 질기기도 해서
여러 가지 맛을 즐길 수 있어.
"한 마리 더 주세요!"
"오징어 다리 하나 더요!"
검은 얼굴의 오징어 장수는
오늘도 밥 먹을 틈도 없이 바빠.

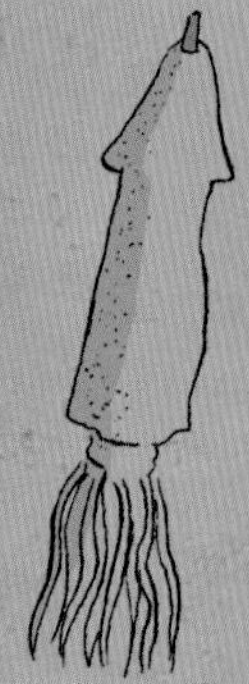

아저씨,
여기 닭국수 한 그릇이요!

세월의 흔적이 켜켜이 쌓인 아담한 포장마차
국수 삶는 솥이 온종일 끓고 있어.

또닥또닥 도마에 채소를 다지고
보글보글 끓는 물에 면이 익으면
후루룩후루룩 국수로 출출한 배를 채우지.

말린 두부와 다시마를 썰어 접시에 담고
계란 장조림은 반으로 잘라 국수에 얹어.
닭고기 국수에는 다진 파를 듬뿍 넣고
돼지고기 국수에는 숙주를 푸짐하게 담지.

수십 년이 흘렀지만 주인장 얼굴은 예전 그대로
청춘으로 면을 삶고
세월로 고기를 졸였어.
손님들이 잊지 못해 다시 찾는 건
이 편안하고 담백한 맛 때문이야.

골목마다 길모퉁이마다
인심 좋은 국수 포장마차는 꼭 하나씩 있게 마련.

국수
차림표
닭국수 8
만두국수 15
칼국수 15
돼지국수 10
볶음면 10
돼지간탕 10
돼지완자탕 10
만둣국 10
하양
사워코롱

# 찻잎 따기

밀짚모자에 알록달록 꽃무늬 옷
대나무 광주리를 등에 메고
찻잎을 따러 산으로 올라가.

산자락의 푸르른 녹차 밭
머릿수건부터 장갑까지
패션쇼가 열린 듯

광주리 속 아기 고양이는
싱그러운 차 향기 속에 자라
가는 털에 향기가 쏙쏙 배어들지.
찻잎은 보드라운 침대이자
세상에서 제일 아늑한 엄마 품이야.

흔들흔들 흔들흔들
아기 고양이도 나중에 커
훌륭한 차 농사꾼이 될 거야.

## 풍요로운 가을 들판

가을 뜨락에
황금빛 언덕이 더미더미.
탱탱하게 여문 알곡은
농부 고양이의 자랑.

햇볕에 누렇게 익은 볍씨를 쪼아 먹으려고
엄마 닭, 병아리 모두 모여들어.
일 년에 한 번 찾아오는
풍성한 만찬을 놓칠 수는 없잖아.

키질을 따라 높이 날아오르는 낟알
쏴아쏴아쏴아 눈부신 금빛

창고를 그득하게 채웠으니
풍요롭게 한 해를 보낼 수 있어.

봄에는 모내기
여름에는 김매기
가을에는 가을걷이
겨울에는 한가롭게 쉴 수 있어.
해마다 계절 따라
반복되는 농촌의 일상.

풍요 곳간
날씨가 화창하니 봄이라
사계절 평안하면 복이라

## 골목 식당

구불구불 이어진 좁은 골목
잿빛 회벽에 판자를 매달고
고양이 손님이 앉을 간이 의자를 늘어놓았어.

담벼락에 겹겹이 붙은 벽보가 있으니
혼자서도 외롭지 않아.
야옹백화점에 어떤 물건이 새로 나왔는지
어느 고양이집에 셋방이 나왔는지
벽보만 보면 다 알 수 있어.
오래된 벽보 속
빛바랜 새 소식들.

가끔은 인생, 아니 묘생을 착하게 살라는
권선징악 교훈도 적혀 있어.
음식 나오길 기다리던 고양이가
큰 깨달음을 얻기도 하지.

차림표
계란탕 8원
돼지완자탕 10원
고기덮밥 12원
비빔국수 8원
닭국수 8원
화낸들 무엇 하리
인생은 한바탕 연극
만남은 인연이라
작은 일에 화를 내면
돌아서서 후회한다네
야옹 해산물
신선해요
가방 구두 모자
새콤달콤
파인애플
고양이표 자전거
편하다!
빠르다!
밥도둑
야옹 백화점

# 오토바이 하나에 고양이 다섯

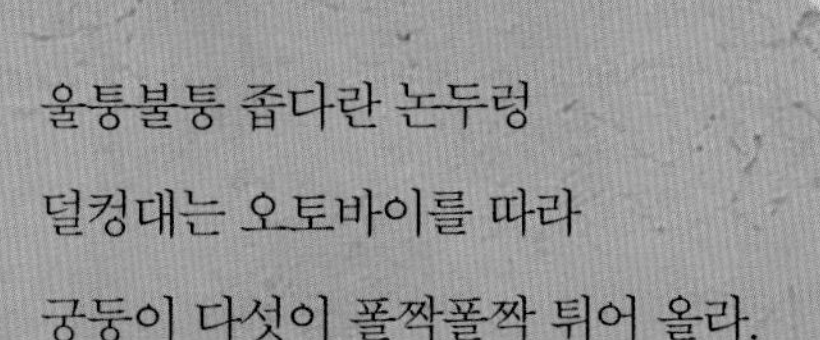

탈탈탈탈 검은 연기를 내뿜으며
논두렁을 달리는 오토바이
농부 고양이는 모내기가 한창이고
싱그런 봄기운이 들판에 내려앉았네.

아빠 고양이가 네 식구를 태워
옆 마을 외할머니에게 가는 길
가슴과 등이 바싹 닿도록
고양이 식구들이 다닥다닥 붙어 앉았어.
조금 남은 자리는 막내에게 양보해야지.

울퉁불퉁 좁다란 논두렁
덜컹대는 오토바이를 따라
궁둥이 다섯이 폴짝폴짝 튀어 올라.

"꽉 잡아!"
아빠 고양이가 크게 소리치고는
웅덩이를 멋지게 뛰어넘었어.
하마터면 논바닥에 구를 뻔했네.

## 고양이 학교

차렷! 경례! 선생님, 안녕하세요!
유치원생부터 6학년까지 한 반에서 공부해.
아침 7시 등교 시간이 되면
교실이 북적북적 떠들썩하지.

1교시 야옹어 시간에는
여러 가지 소리 내는 법을 배워.
정확하게 말하려면 발성이 중요하니까.
선생님은 여러 나라 말을 유창하게 할 수 있어.
'야옹' 한마디로도 많은 걸 표현하지.

아쉽게도 학생들은 공부에 별로 관심이 없어.
서로 할퀴며 싸우고
도시락을 몰래 까먹고
낙서를 하고
꾸벅꾸벅 졸고.
수업 종이 울리고 10분도 안 지났지만
벌써부터 나란히 벌서는 고양이들.

실컷 자자
열심히 공부하기
밥풀 흘리지 않기
발톱 세우지 않기
졸지 않기
실컷 먹자
야옹어

## 졸업식

친애하는 고양이들, 졸업을 축하합니다.
이제 여러분은
고양이 중학교로 올라가게 됩니다.

여러분은 모두 훌륭한 고양이입니다.
누구보다 열심히 놀고, 누구보다 열심히 잠자며
더할 나위 없이 행복하게 지냈습니다.
표창장을 받은 두 고양이는
아무쪼록 아이들을 쑥쑥 낳아
이 학교가 더 번창하고 행복해지도록
힘써주길 바랍니다.

학교 밖 고양이 세상에서는
더 훌륭한 고양이 집사들이 여러분 곁을 지킬 것입니다.
여러분의 영리한 머리와 보드라운 발바닥으로
넓은 세상에서 신나게 달음질치고
달콤한 잠을 실컷 즐기길 바랍니다.

반짝반짝 빛나는 고양이들에게
이 축사를 바칩니다.

표창장
표창장

## 행복을 꿈꾸는 우리,
## 언제나 명랑한 고양이처럼

미스캣이 『또 고양이』에 이어 다시 한 번 그려낸 고양이 세상. 타임머신을 타고 30년 전, 40년 전 타이완에 다녀온 것만 같다. 시계방 괘종시계, 양장점 재봉틀, 영화관 매표소, 풍경 소리 잘랑이는 한여름 툇마루…. 영락없이 내 어릴 적 우리 동네 같은 낯익은 풍경이다. 그곳에서 지루하거나 복작이거나 둘 중 하나이기 십상인 사람들의 일상을 재미난 풍경으로 완성시켜주는 고양이들을 만났다.

시간도 공간도 달라졌지만 고양이들의 느긋한 일상은 언제 어디서나 그대로다. 저녁상 밑에 엎드려 책을 보고, 장 보러 가는 엄마의 바구니에 들어앉고, 꼬리를 늘어뜨린 채 지붕에 드러누워 밤하늘을 올려다본다. 조무래기들은 사방치기, 술래잡기, 줄넘기 놀이에 정신이 없고, 심심한 강아지가 탈탈거리는 우체부의 오토바이를 뒤쫓는다.

이 책을 우리말로 옮기는 동안 길에서건, 어디서건 마주친 우리 고양이들, 길게 누워 꼬리를 까닥이는 길고양이들을 더 유심히 바라보았다. 커졌다 줄었다 하는 눈동자, 파르르 떠는 수염, 쫑긋거리는 뾰족귀. 이들도 사람이 보지 않는 데서는 미스캣이 만난 고양이들처럼 두 발로 걷고 수다스럽게 떠들 게 분명하다는 심증이 생겼다.

미스캣을 따라, 그의 고양이들을 따라 상상해본다. 우연히 접어든 어느 골목에서 고양이 세상으로 통하는 작은 문을 열고 들어가는 장면을. 제일 먼저 나는 빨간 대문 양옥집 2층 베란다에 기대앉아 팔랑이는 빨래 사이로 쏟아지는 다사로운 햇살을 누릴 것이다. 내가 고양이인지, 고양이가 나인지 아리송해질 때까지.

고양이들 덕에 소중한 여유를 맛본다. 미스캣의 고양이 세상은 나뿐만 아니라 열심히 오늘을 사는 모든 사람의 꿈인지도 모르겠다.

2019년 매미 우는 날,

허유영

## 지은이 미스캣 Ms. Cat, 猫小姐

명랑한 고양이 이야기와 그림으로 널리 알려진 타이완 일러스트레이터. 각종 문구와 소품은 물론 고양이용 제품에도 그림이 사용되면서 폭넓게 사랑받고 있다.
온 가족이 동물을 좋아해 많을 때는 고양이 여덟 마리, 개 두 마리와 함께 살았고, 어릴 적부터 고양이, 강아지와 친구하며 기발한 장난과 상상 속에서 자랐다. 세상 사람 모두가 고양이를 사랑하면 좋겠다는 꿈을 갖고 그림을 그린다. 정성 들인 그림에 사람들이 웃음을 터뜨릴 때 가장 기쁘다. 책을 보는 사람들이 그림 속으로 들어가 보드라운 고양이들과 함께 따뜻한 시간을 보내기를 꿈꾼다.
우키요에를 모티브로 한 『또 고양이』에서 고양이를 주인공으로 우리의 친근한 일상을 담아 큰 호응을 얻었다. 2010년 타이완 『강의잡지(講義雜誌)』 최우수 만화가로 선정되었고 『원기주보(元气周报)』, 『연합신문(聯合新聞)』의 칼럼니스트로 활동하고 있다. 『또 고양이』, 『고양이 사용 설명서(貓咪使用手冊)』, 『고양이 흉보기(說貓的壞話)』, 『고양이의 쇼핑(貓咪購物台)』 등을 펴냈다.

## 옮긴이 허유영

한국외국어대학교 중국어과를 졸업하고 같은 대학 통번역대학원 한중과 석사 과정을 마쳤다. 『쉽게 쓰는 중국어 일기장』을 썼고 『또 고양이』, 『나비탐미기』, 『적의 벚꽃』, 『디어 마이 머어캣』, 『팡쓰치의 첫사랑 낙원』, 『다 지나간다』 외 다수를 우리말로 옮겼다.

Animals

어제처럼 오늘도, 알콩달콩 노닥노닥

# 고양이의 하루

초판 1쇄 발행 2019년 9월 30일
초판 3쇄 발행 2024년 12월 2일

지은이 미스캣
옮긴이 허유영
디자인 urbook
펴낸이 박해진
펴낸곳 도서출판 학고재
등록 2013년 6월 18일 제2023-000037호
주소 서울시 영등포구 경인로 775, 에이스하이테크시티 2-804
전화 02-745-1722(편집) 070-7404-2782(마케팅)
팩스 02-3210-2775
전자우편 hakgojae@gmail.com
페이스북 www.facebook.com/hakgojae

ISBN 978-89-5625-382-4 03820


• 이 도서의 국립중앙도서관 출판예정도서목록(CIP)은 서지정보유통지원시스템 홈페이지(http://seoji.nl.go.kr)와
국가자료종합목록 구축시스템(http://kolis-net.nl.go.kr)에서 이용하실 수 있습니다. (CIP제어번호 : CIP2019031783)